DES

CONSPIRATEURS

ET

DES CONSPIRATIONS.

DES
CONSPIRATEURS

ET

DES CONSPIRATIONS.

Par THÉODORE ***

PARIS,

CHEZ LES MARCHANDS DE NOUVEAUTÉS.

1822.

DES
CONSPIRATEURS
ET
DES CONSPIRATIONS.

Fort de la pureté de mes sentimens, de l'aveu de ma conscience, et de mon amour pour la monarchie, j'essaierai de répondre au style énergique, mais souvent dangereux, de quelques politiques du jour. Moins versé qu'eux dans l'art d'écrire, si je leur suis inférieur en talent, j'espère les surpasser en franchise. Je n'irai pas chercher, dans le septicisme de l'histoire, les principes erronés dont on les voit s'étayer à chaque instant; je m'appuierai de faits récens; j'opposerai à leurs fréquentes citations de l'antiquité la relation d'événemens contemporains; et si je suis moins fort de raisonnement et d'adresse dans le peu de mots que je vais dire, je serai plus que leur égal par la droiture de mes pensées et la sainteté de mon opinion.

Sous un gouvernement paternel comme le nôtre, devrait-il exister une telle scission dans la manière de voir? Ne sait-on pas en France, où l'élan de toute la nation devrait être de servir, d'aimer et de respecter le prince généreux et bienfaisant qui la gouverne, que l'esprit de parti est le plus cruel de tous les fléaux, qu'il dénature ce qu'il ne peut détruire, qu'il réprouve l'amour du fils pour son père, du sujet pour son roi, du citoyen pour sa patrie? Grâce à sa funeste influence, les lois n'ont plus d'empire, le crime plus de châtimens; il flétrit du sceau de la réprobation ce qui s'est dérobé à sa domination, ce qui est resté digne d'estime et de respect. Il soumet au gré de ses fureurs la justice et l'autel, il fonde sa puissance sur des bases sanglantes; en un mot ce fut l'origine de ces forfaits affreux, au récit desquels les véritables Français verseront toujours des pleurs mêlés d'indignation et de regrets.

Ennemis du repos public, séditieux par principes, perturbateurs par intérêt, toujours en opposition avec les institutions légitimes, il est des hommes qui ne voient dans une conspiration qu'un simple délit qui prendrait le nom d'acte héroïque s'il réussissait. Ils s'étourdissent sur le caractère du plus atroce des crimes. Un conspirateur, selon eux, est un homme dont la tête est exaltée, un homme avide d'innovations, qui s'est laissé entraîner par un amour trop vif de ce qu'ils appellent indépendance : ils pallient, en un mot, ils excusent les intentions sanguinaires de quelques parricides, dont le seul but serait d'allumer la guerre civile, de renverser le trône et l'autel. Moins indulgent et plus juste, je vois dans une conspiration la masse de tous les attentats réunis. Quoique l'on veuille prêter aux desseins d'un conspirateur quelque apparence de grandeur, il est constant que l'homme qui conspire est dépourvu de toute espèce de sentimens. Un conspirateur est nécessairement un lâche. N'est-ce pas dans l'obscurité des nuits, qu'il ourdit la trame de ses forfaits ; accumulant bassesse sur bassesse pour faire des prosélytes, rampant par système, vil par la nature de sa position, ne le voit-on pas mendier en tous lieux les secours dont il a besoin ? Avare et prodigue par un contraste bien naturel, il comble les scélérats qu'il a mis dans ses intérêts de ce qu'il a ravi aux gens de bien. Un conspirateur, avant d'être un grand criminel, dut commencer par être un homme vicieux et méprisable.

Le meurtre, le vol et le sacrilége, tels sont les moyens de succès pour un conspirateur : sans eux il ne peut réussir. On conçoit, aux routes qu'il doit suivre, quelle est l'infamie et la noirceur de son caractère.

Rappellerai-je ici ces jours déplorables, source éternelle, pour la France, de honte et de repentir, ces jours, dis-je, où tant d'ames vertueuses· furent chercher au ciel le prix de leurs souffrances? Je ne les ai point vus, ces jours de sang et de désolation, et pourtant il me semble que j'assiste à ce spectacle d'horreur et d'ignominie. Ah ! pourquoi n'est-ce qu'un rêve de mon imagination ? J'aurais peut-être partagé la destinée glorieuse de tant d'autres héros; je n'aurais pas à gémir sur de nouveaux forfaits ; et ma voix, jointe à celle de tant de victimes, appellerait, sur mon roi et son auguste famille, les bienfaits de l'Être-Suprême.

Quatre règnes glorieux avaient consacré à l'immortalité l'auguste race des Bourbons. L'infortuné Louis XVI commençait sa carrière.

Digne fils de ses pères, ce prince magnanime n'aspirait qu'au bonheur de la France. De quel prix on paya sa clémence et sa grandeur d'ame! Ce roi, si vertueux en ce monde, échangea sa couronne contre celle du martyre. Entouré d'une partie de son auguste famille, du haut de l'asyle céleste, il prie Dieu pour celle qui reste sur la terre; à peine voit-il ses vœux exaucés, à peine la France a-t-elle retrouvé ses légitimes souverains, que la discorde secoue encore son flambeau et ramène avec elle l'hydre des conspirations.

Eh! que veulent-ils ces êtres avides de séditions? ce qu'ils veulent? tout ce qui peut être contraire à notre gouvernement actuel. Nous avons la paix, c'est du sang qu'ils demandent; nous avons un roi, ils veulent des tyrans; nous avons des lois, ils brûlent de les abroger; notre commerce est florissant, ils veulent l'anéantir et spolier nos richesses. Tels sont leurs desseins. S'ils voulaient un prince juste sans faiblesse, une législation éclairée et prudente, un corps d'état bien administré, qu'auraient-ils à changer?

De tous temps, chez tous les peuples, le conspirateur fut puni de mort. Quoique j'aie dit, en débutant, que je m'abstiendrais de citations, pour réfuter celles dont mes antagonistes ont cru faire leur profit, je m'en permettrai un petit nombre.

Chez les Romains vingt conspirations éclatèrent contre une puissance républicaine. Quel fut le sort des conjurés qui échouèrent? Le seul qui pût expier leur crime, la mort. La plus célèbre de toutes fut celle de Catilina, et personne n'ignore ce qu'était ce monstre : un scélérat criblé de dettes, perdu de débauches, qui, après avoir assassiné son épouse, s'élevait par degrés au dernier période du crime. Quel fut le comble de ses forfaits? une conspiration. Ce qui prouve qu'après avoir tout osé, qu'après avoir fait l'apprentissage de tous les crimes, Catilina considérait, comme le terme glorieux de ses attentats, l'action de conspirer. Il avoit frayé la route ; César périt de la main de son fils. Octave, après avoir affaibli par vingt années de clémence le souvenir de ses cruautés, faillit être la victime de l'homme qu'il aimait le plus ; en-

core cet homme avait-il des injures à venger,
des mânes à apaiser; Auguste de son côté de-
vait faire oublier tous les crimes d'Octave. Mais
ici, quelle puissance infernale aiguise les poignards de la révolte? qui peut attirer sur la tête
du meilleur des rois des orages toujours renais-
sans? qui peut lui valoir une si coupable ingra-
titude? N'a-t-on pas devant les yeux les vingt-
cinq années de résignation qu'il passa sur une
terre d'exil? Roi de France, n'a-t-il pas vu son
royaume entre d'indignes mains? Ne l'a-t-on pas
privé de ce qu'il avait de plus cher au monde,
de la moitié de sa famille? Aurai-je la force de
le dire: trois ans sont à peine écoulés depuis un
horrible attentat qui mit le deuil en son cœur
paternel, et la rage des assasins n'est pas encore
apaisée.

Déjà la main de la justice s'est appesantie sur
plusieurs de ces furieux. Grâce à une autorité
active et clairvoyante, nous n'avons à gémir que
sur des tentatives contre la personne sacrée du
roi. Tous les complots dirigés contre lui ont
échoué, et les coupables ont porté la peine de
leurs crimes. Malgré cet exemple terrible pour

qui voudrait les imiter, de pareils attentats se renouvellent avec une rapidité effrayante. Les supplices, loin d'intimider les coupables, font sur eux l'effet de l'impunité. On les voit s'enhardir au crime. Aveugles autant que criminels, qu'espèrent-ils en se déshonorant ?

Parlons maintenant de la dernière conspiration ; je ne m'étendrai pas sur les détails de cette cause célèbre : ils sont malheureusement trop connus ; je n'incriminerai pas la mémoire des principaux coupables, ils ont subi leur peine, et c'est à Dieu seul, maintenant, à tenir compte des actions de leur vie. Mais c'est aux murmures qui sans cesse parviennent jusqu'à moi, que j'entreprendrai de répondre. *On plaint le sort de quatre malheureux jeunes-gens, qui furent plutôt victimes de leur inconséquence et de leur jeunesse, que coupables d'un grand attentat. On taxe de sévérité excessive le jugement qui les a frappés, on attendait un acte de clémence.* Mais ces hommes qui masquent d'une apparence de sensibilité d'autres sentiments que l'honneur désavoue, pleurent-ils véritablement sur le sort des conspirateurs ; ou sur celui de la conspiration ?

On attribue à l'inconséquence e à la jeunesse
la cause de leur condamuation. Quelqu'absurde
que soit une allégation de cette nature, il est
pourtant urgent d'y répondre, puisqu'elle paraît
s'accréditer. La jeunesse est l'âge des passions,
il est vrai, mais la jeunesse n'est.pas celui des
crimes. On peut être scélérat étant jeune, mais
on ne l'est pas parce qu'on est jeune ; et d'ail-
leurs chacun des condamnés avait, dès plusieurs
années, atteint l'âge de virilité. Le cas d'extrême
jeunesse, prévu sagement par la loi, ne leur
était nullement applicable. Ainsi donc, selon
cette manière de voir, un jeune homme qui
aurait souillé ses mains du sang de son sem-
blable, seroit moins coupable à cause de son
âge, qu'un homme mûr qui eût commis un
crime moins atroce. On sent déjà l'absurdité et
la perfidie d'un tel raisonnement.

Quant à ce qu'ils appellent inconséquence,
je n'ai pas encore pu m'en rendre raison. On a,
si je ne me trompe, voulu qualifier d'*inconséquence* les calculs les plus profonds, les plans
les plus adroitement combinés. On a traité d'é-
tourdis les conspirateurs, et d'acte de légèreté

la conspiration. Telle fut l'interprétation que donnèrent, à un pareil attentat, des hommes qui ne font profession d'indulgence que pour le crime.

On attendait, disent-ils, un acte de clémence. Un prince faible et imprévoyant eût pu commettre une faute de cette nature, mais notre souverain est le père de la nation, il est comptable à son peuple des actes de son règne, il a senti qu'accorder une grâce, c'eût été encourager le crime; il eût par-là donné des poignards à ses assassins, des torches à la révolte; il eût compromis sa tranquillité et le bonheur de la France. Un exemple terrible était indispensable: il fut donné. Puisse-t-il arracher au crime quelques ames prêtes à céder! puisse-t-il prouver à toute la France qu'un grand roi doit être inébranlable, lorsque la justice a prononcé sur le sort de grands coupables; que les crimes, en matière politique, sont les plus funestes; que tout attentat contre l'ordre établi et la dynastie auguste qui nous gouverne, doit être considéré comme le plus affreux forfait; que la sévérité des lois n'est jamais excessive lorsqu'il s'agit de réprimer des crimes de cette nature.

Mon opinion à ce sujet est celle de tous les vrais Français , de tous les défenseurs des Bourbons , de tous les amis de la paix et du calme. Je laisse à des hommes remuans et pervertis le soin de réfuter mes principes. J'en réfère au jugement des gens de bien qui mettent leur bonheur à chérir leur souverain , qui font chaque jour des vœux communs pour le roi, sa famille et la France.

DE L'IMPRIMERIE DE P. DUPONT.

HÔTEL DES FERMES.